1. Lesestufe

Usch Luhn • Katja Reider

# Bezaubernde
# Nixengeschichten
## für Erstleser

Mit Bildern von Betina Gotzen-Beek

Ravensburger Buchverlag

Bibliografische Information der Deutschen Nationalbibliothek:

Die Deutsche Nationalbibliothek verzeichnet diese Publikation
in der Deutschen Nationalbibliografie.
Detaillierte bibliografische Daten sind im Internet
über **http://dnb.d-nb.de** abrufbar.

2 3   14 13

Diese Ausgabe enthält die Bände
„Nixenengeschichten" von Katja Reider mit Illustrationen von Betina Gotzen-Beek,
„Pimpinella Meerprinzessin und der Delfin" von Usch Luhn
mit Illustrationen von Betina Gotzen-Beek und
„Pimpinella Meerprinzessin und das Seepferdchen-Turnier" von Usch Luhn
mit Illustrationen von Betina Gotzen-Beek
© 2011, 2010, 2011 Ravensburger Buchverlag Otto Maier GmbH

Ravensburger Leserabe
© 2012 Ravensburger Buchverlag Otto Maier GmbH
für die vorliegende Ausgabe

Umschlagbild: Betina Gotzen-Beek
Umschlagkonzeption: Anna Wilhelm
Printed in Germany
ISBN 978-3-473-36275-2

www.ravensburger.de
www.leserabe.de

# Inhalt

Katja Reider

# Nixengeschichten

## Mit Bildern von Betina Gotzen-Beek

# Inhalt

# In Seenot

Pia freut sich:
Endlich sind Ferien!
Jetzt kann sie
ihr neues Schlauchboot
ausprobieren.
Super!

Kaum hat Papa das Boot aufgepumpt,
zieht Pia es ins Wasser.
Halt! Pias Bruder Jannis
will auch mit!
Na gut …
Jannis darf einsteigen.

„Paddelt nicht zu weit hinaus!",
warnt Papa.
Pia nickt.
Aber Jannis winkt ab.
Er ist doch kein Baby mehr!

Wie herrlich ist es
auf dem Wasser!
Bald lässt Jannis die Ruder sinken.
Er schließt die Augen.
Auch Pia döst ein bisschen.
Das Boot treibt dahin.

Da spüren die zwei
einen kräftigen Stoß!
Oh Schreck, was war das?
Etwa ein Hai?!
Nein, ein Mädchen schaut grimmig
über den Bootsrand!

„Ihr seid viel zu weit draußen!",
schimpft das Mädchen.
Pia und Jannis sehen sich um.
Oje, tatsächlich!
„Soll ich euch abschleppen?",
fragt das Mädchen.

Jannis schüttelt den Kopf.
„Danke, aber dafür bist du
doch gar nicht stark genug!"
„Irrtum", lacht das Mädchen.
„Das mache ich dauernd!
Weil ihr Zweibeiner
so unvorsichtig seid!"

„Bist du so eine Art
Rettungsschwimmerin?",
fragt Jannis.
„So ähnlich", kichert das Mädchen.
„Kommt ihr wirklich allein zurück?"
Jannis und Pia nicken.
Da winkt das Mädchen und taucht ab.

„Mann, die hatte ja grüne Haare!",
brummelt Jannis.
Pia lächelt nur.

Dass das seltsame Mädchen auch
einen Fischschwanz hatte,
braucht Jannis ja nicht
zu erfahren …

# Das schönste Schuppenkleid

Die kleine Nixe Mirja stochert
in ihrem Algensalat herum.
Sie ist viel zu traurig,
um zu essen.

Gut, dass Toto Taschenkrebs
gerade vorbeikommt!
„Was ist denn los, Mirja?",
fragt Toto seine Freundin.

Mirja seufzt.

„Morgen ist das große Nixenfest.
Und ich darf nicht
beim Wasserballett mitmachen.
Weil meine Schuppen
nicht schön genug glitzern!"

„Das ist ja voll gemein!",
schimpft Toto empört.
„Aber nicht zu ändern",
seufzt Mirja.
Das werden wir ja sehen,
denkt Toto.
Und krabbelt eilig davon.

Am nächsten Tag
schwimmt Mirja zum Nixenfest.
Was für ein Trubel!

Und wie prächtig
alles geschmückt ist!

Aber Mirja kann sich nicht
daran freuen.
Traurig streicht sie
über ihre blassen Schuppen.
Gleich beginnt das Nixenballett.
Und sie darf nicht dabei sein!

Da kommt ja Toto!
„Stell dich zu den anderen,
Mirja!", raunt er. „Schnell!"

Die kleine Nixe gehorcht verdutzt.
Kaum steht sie in Position,
setzt sich ein Schwarm
winziger Leuchtfische
auf ihr Schuppenkleid.
Oh, wie das strahlt und glitzert!

Jetzt ist Mirja die Schönste
von allen.
Das Ballett wird ein voller Erfolg.

Und später bekommt Toto
einen gaaanz dicken Kuss …

# Ein seltsamer Fang

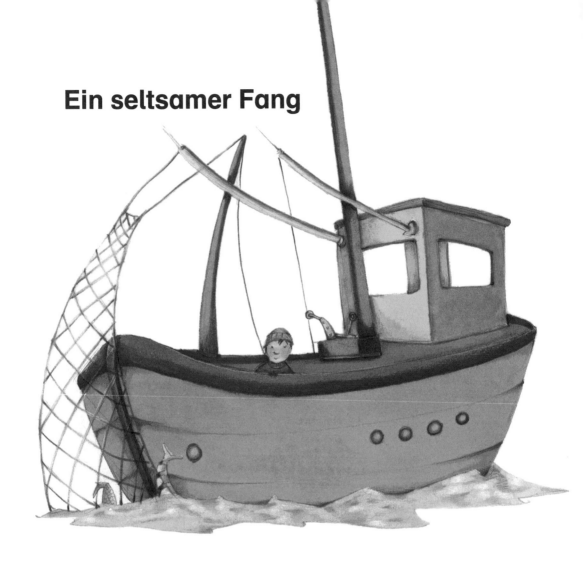

Schiffsjunge Arne hievt das Netz
mit dem frischen Fang an Bord.
Puh, ist das schwer!
Plötzlich stutzt Arne.
Nanu, wer schimpft denn da so?

Ungläubig reißt Arne die Augen auf.
Na so was, da im Netz ist ja
eine NIXE!
Sie zappelt und ruft:
„Hol mich doch hier raus!"
Arne tut, was er kann.

Da kommen auch die anderen Fischer.
„Boah, eine echte Nixe!",
ruft der blonde Hein.
„Die können wir ausstellen
und Eintritt nehmen!"
Alle johlen begeistert.
Nur Knut, der alte Seebär, schweigt.

„Das könnt ihr doch nicht machen!",
ruft die kleine Nixe entsetzt.
Aber – schwupps – da wird sie schon
in ein Fass gesetzt.
Arne soll sie bewachen.
„Hilf mir!", bittet ihn die kleine Nixe.
„Wirf mich ins Meer zurück!"

Arne hält sich die Ohren zu.

Er kann die Nixe nicht freilassen!

Alle wären furchtbar wütend auf ihn.

„Bitte!", fleht die kleine Nixe.

Oje, jetzt weint sie sogar!

Arne hält es nicht mehr aus.
Er hebt die kleine Nixe
aus dem Fass
und wirft sie – hui – ins Meer.
„Danke!", klingt es von unten.
„Tausend Dank!"
„Schon gut", murmelt Arne.
„Tschüss, kleine Nixe!"

Auweia, da kommt jemand!
Es ist Knut, der alte Seebär.
Er sieht das leere Fass und fragt:
„Wo ist denn unsere Nixe?"
Arne holt tief Luft.
„Ich habe sie freigelassen!"

Ob jetzt ein Donnerwetter kommt?
Nein, Knut zwinkert ihm zu.
„Sagen wir besser,
sie wurde über Bord gespült.
Einverstanden?"
Arne strahlt. Na klar!

# Die Riesen-Perle

Die Nixen Susa und Nelli
sind beste Freundinnen.
Jeden Tag spielen sie Verstecken
zwischen den Korallen am Riff.
Oder sie suchen nach Muscheln.

Auch heute sind die zwei unterwegs.
„Schau!", ruft Nelli plötzlich.
„Eine Riesen-Perle!", jubelt Susa.
Tatsächlich, da in der Muschel
liegt eine prächtige rosa Perle!

„Sie gehört mir!", ruft Susa.

„Ich habe sie zuerst gesehen!"

„Nein, ich!", widerspricht Nelli.

Oje, zum ersten Mal streiten die beiden!

Da kommt Titus, der Tintenfisch.

„Was ist denn hier los?", fragt Titus.

„Ich dachte, ihr seid Freundinnen."

Die beiden Nixen erröten.

„Wir streiten um die Perle", erklärt Susa.

„Ich habe sie entdeckt, aber Nelli … "

„Still!", zischt Titus plötzlich.

Die Nixen verstummen erschrocken.
Mit einem Mal sind alle drei
von einer dichten dunklen Farbwolke
umhüllt.
Als es wieder hell wird,
wispert Susa: „Was ist geschehen?"

„Ich habe Farbe verspritzt", erklärt Titus.
„Damit der Hai uns nicht sieht!"
„DER HAI??!!", rufen die Nixen
erschrocken.
Titus nickt. „Keine Sorge, er ist weg!"
„Unsere Perle aber auch!",
jammert Susa.

Tatsächlich, die Muschel ist leer!
„Der Hai muss sie geschluckt
haben!", meint Nelli.
„Wir finden bestimmt eine neue",
tröstet Susa ihre Freundin.
Die beiden Nixen lächeln sich zu.

„Das denke ich auch!", sagt Titus.
Und schiebt die Perle
noch etwas tiefer
in seine Felsspalte.

Es wäre doch wirklich schade,
wenn sich die Nixen
wegen einer Perle
zerstritten hätten …

# Leserätsel

## mit dem Leseraben

Hast du die Geschichten ganz genau gelesen?
Der Leserabe hat sich ein paar spannende
Rätsel für echte Lese-Detektive ausgedacht.

# Rätsel 1

In dieser Buchstabenkiste haben sich vier Wörter
aus den Geschichten versteckt. Findest du sie?

| F | I | E | R | I | F | F |
|---|---|---|---|---|---|---|
| E | L | R | T | Z | C | V |
| N | E | T | Z | I | U | M |
| I | T | U | T | U | Ä | E |
| X | Ü | M | N | C | Z | E |
| E | A | H | R | R | A | R |

# Rätsel 2

Der Leserabe hat einige Wörter aus den Geschichten auseinandergeschnitten. Immer zwei Silben ergeben ein Wort. Schreibe die Wörter auf ein Blatt!

Was-   -der   Ru-

-le   -bär

See-   Per-   -ser

# Rätsel 3

In diesem Satz von Seite 28 sind acht falsche Buchstaben versteckt. Lies ganz genau und trage die falschen Buchstaben der Reihe nach in die Kästchen ein.

Schiffsjunge Arnke hievt doas Nertz
mita delm frischlen Fange an Bornd.

| 1 | 2 | 3 | 4 | 5 | 6 | 7 | 8 |
|---|---|---|---|---|---|---|---|
|   |   |   |   |   |   |   |   |

Usch Luhn

# Pimpinella Meerprinzessin
## und der Delfin

Mit Bildern von Betina Gotzen-Beek

# Inhalt

# Ein Schloss im Meer

Pimpinella Seestern
ist eine echte Prinzessin.

Sie wohnt mitten im Meer
in einem wunderschönen Schloss,
das aus schimmernden Muscheln
erbaut wurde.

Wie bei jedem Meermädchen leuchten
ihre Augen knallgrün.
Aber so rote Locken wie sie
hat keine andere Meerjungfrau.

Bis heute hat das Muschelschloss
kein Seefahrer entdeckt.

Nur nachts funkeln seine Türme
so hell wie die Sterne am Himmel.

Mit ihrer Flosse flitzt Pimpinella
durch das Wasser wie ein Fisch,
am liebsten natürlich
mit anderen um die Wette.

Sie schwimmt sogar schneller
als ihr bester Freund Thomas.

Trotz seiner acht Arme
wird der Tintenfisch
immer nur Zweiter.

Meist stolpert er vor Eifer
und verknotet sich.

Dann muss Pimpinella
ihn entwirren.

Pimpinellas Zimmer ist oben
im höchsten Turm.

Von ihrem Fenster aus kann sie
bis zum Korallenwald sehen.
Aber der ist gefährlich
und für Meermädchen
streng verboten.

# Ein tolles Muschelversteck

Pimpinella ist richtig gut gelaunt.
Seit einer Woche geht sie
in die erste Klasse.
Gerade hat sie ihre Aufgaben fertig.

Sie freut sich schon riesig
auf die Fischkunde-Stunde morgen.

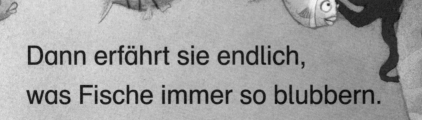

Dann erfährt sie endlich,
was Fische immer so blubbern.

Vorsichtig legt sie
ihre nagelneue Schultasche
auf den Schreibtisch.

Sie ist aus Fischhaut
und glänzt rosarot.
Der Verschluss sieht aus
wie ein blauer Seestern.

Die Schule ist auch im Schloss.
Wie praktisch!

„Ich könnte aus meinem Bett
direkt ins Klassenzimmer plumpsen",
erzählt Pimpinella kichernd
der Schildkröte Basi.

Nur: Was würde Frau Seehase,
ihre Klassenlehrerin, sagen,
wenn Pimpinella im Schlafanzug
vor ihre Flossen kullerte?

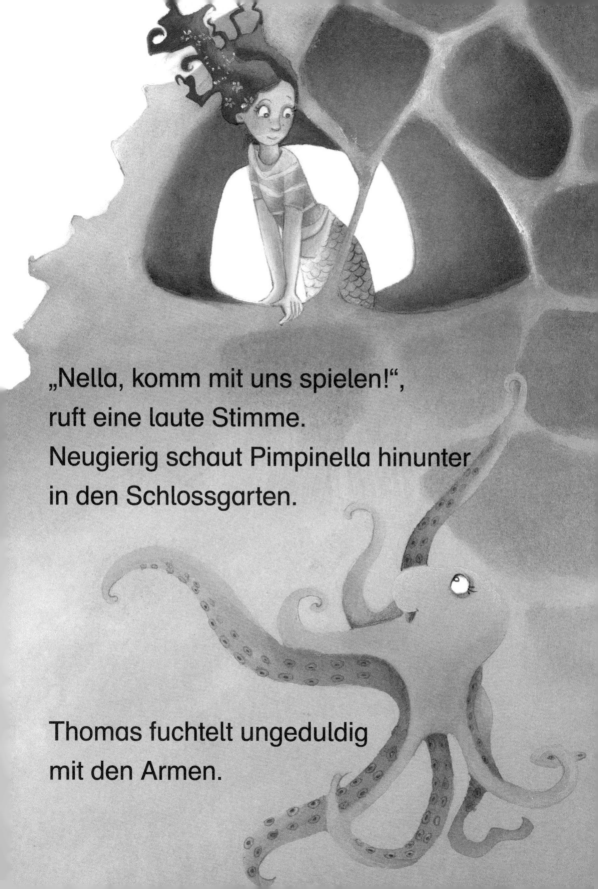

„Nella, komm mit uns spielen!",
ruft eine laute Stimme.
Neugierig schaut Pimpinella hinunter
in den Schlossgarten.

Thomas fuchtelt ungeduldig
mit den Armen.

Umringt wird Thomas von Fischen,
die Pimpinella aufgeregt
mit ihren Flossen zuwinken.
„Los, mach dich auf die Schuppen!"

So drollige Fische
hat Pimpinella noch nie gesehen.
Sie haben lustige lila Punkte
auf ihren Schuppen.

Die fremden Fische
überschütten Nella
mit fröhlichem Geblubber.

Leider versteht sie
keine einzige Blase.

Im Schlossgarten gibt es
viele Plätze zum Verstecken.
Die Fische und Thomas
schießen kichernd auseinander.

Pimpinella verschwindet
in einer Riesenauster.

Plötzlich muss sie heftig gähnen.
Ganz schön anstrengend,
so ein Schultag!
Sollen die anderen ruhig suchen!

# Tule, pfeilschnell!

„Wo bin ich?"
Pimpinella schlägt
die Augen auf.

Von den Punktfischen und Thomas
ist keine Schuppe mehr zu sehen.
„Treulose Schnecken!", schimpft sie.

„Meinst du mich?",
ruft eine helle Stimme.

Ein kleiner Delfin
wirbelt mit seiner Schnauze
übermütig Sandkörner auf.

70

„Hallo!", sagt Pimpinella neugierig
und purzelt aus der Auster.
„Wer bist du denn?"

„Ich heiße Tule!
Willst du mit mir spielen?
Mir ist so langweilig."

„Klar!", ruft Pimpinella.

Sie ist wieder putzmunter.

„Wer als Erster
bei der Seegurke ist!"
Sie zappelt eilig los.

„Bin längst da!",
schnattert Tule ihr entgegen.
„Das war leicht."

„Grüne Spinnengrütze!
Du bist ja schneller als ein Floh!",
ruft Pimpinella.
„Ein zweites Mal gewinnst du nicht!"

„Langweilig, lieber was Neues!",
quengelt Tule.
„Die Wasserrosen dort
sehen schön aus!"

„Tolle Idee", stimmt Pimpinella zu.
„Ich bringe Frau Seehase
einen Strauß Rosen
für unser Klassenzimmer mit."

## Im Korallenwald

Je weiter Pimpinella schwimmt,
umso prächtiger
sehen die Blumen aus.

Tule hat schon das ganze Maul
voll herrlicher Blüten.

„Von den Roten will ich
auch noch einen Zweig!",
ruft Tule begeistert
und flitzt schnurstracks
in den Korallenwald hinein.

„Tule! Halt!"
Aufgeregt
paddelt Pimpinella
dem dummen Delfin
hinterher.

Im Wäldchen ist es so dunkel,
dass man kaum etwas erkennt.

Tapfer tastet sich Pimpinella
von Zweig zu Zweig.

Plötzlich sieht sie einen Schatten.
Ihr Herz schlägt bis zum Hals.
Im gleichen Moment streift sie
eine Art leuchtender Kugel,
ein Geisterpfeifen-Fisch.

„Unerhört!", ruft die Geisterpfeife
erschrocken.

„Ein Gespenst!", jammert Tule
und drückt seine Schnauze
an Pimpinellas Hals.

80

„Der hat mehr Angst als wir",
sagt Pimpinella
mit zitternder Stimme.

„Er schwimmt nach draußen.
Schnell hinterher!"

„Puh", seufzt Pimpinella erleichtert.
„Glück gehabt!"
Aus der Ferne glitzert das Schloss.

„Du bist das mit Abstand
tapferste Meermädchen,
das ich kenne", sagt Tule.

„Wie viele kennst du denn schon?"
Der kleine Delfin wird rot.

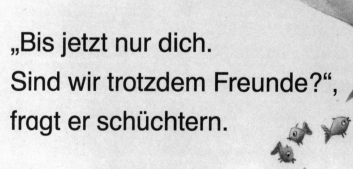

„Bis jetzt nur dich.
Sind wir trotzdem Freunde?",
fragt er schüchtern.

„Klar!" Pimpinella lacht froh.
„Aber nur, wenn wir gleich noch einmal
um die Wette schwimmen.
Und diesmal gewinne ich!"

# Leserätsel
## mit dem Leseraben

Hast du die Geschichte ganz genau gelesen?
Der Leserabe hat sich ein paar spannende
Rätsel für echte Lese-Detektive ausgedacht.

# Rätsel 1

In dieser Buchstabenkiste haben sich vier Wörter
aus der Geschichte versteckt. Findest du sie?

| F | I | K | D | B | E | E |
|---|---|---|---|---|---|---|
| I | L | M | E | E | R | X |
| S | C | H | L | O | S | S |
| C | T | U | F | U | Ä | A |
| H | Ü | M | I | C | Z | F |
| U | A | W | N | O | Q | Z |

88

# Rätsel 2

Der Leserabe hat einige Wörter aus der
Geschichte auseinandergeschnitten.
Immer zwei Teile ergeben ein Wort.
Schreibe die Wörter auf ein Blatt!

-fisch

Muschel-

Meer-

-schloss

-wald

Korallen-

-jungfrau

Tinten-

# Rätsel 3

In diesem Satz von Seite 53 sind sieben falsche
Buchstaben versteckt. Lies ganz genau und trage
die falschen Buchstaben der Reihe nach in die
Kästchen ein.

Biss heuete hate das Muschielschloss
kein Seegfahreer elntdeckt.

| 1 | 2 | 3 | 4 | 5 | 6 | 7 |
|---|---|---|---|---|---|---|
|   |   |   |   |   |   |   |

Usch Luhn

# Pimpinella Meerprinzessin
## und das Seepferdchen-Turnier

## Mit Bildern von Betina Gotzen-Beek

# Inhalt

# Ein aufregender Morgen

Prinzessin Pimpinella
ist eine echte Meerjungfrau.
Sie wohnt in einem Muschelschloss
tief unten auf dem Meeresboden.

Heute ist ein ganz besonderer Tag.
Die Meermädchen feiern nämlich
das große Sommerfest.

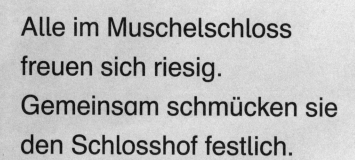

Alle im Muschelschloss
freuen sich riesig.
Gemeinsam schmücken sie
den Schlosshof festlich.

Pimpinella ist besonders aufgeregt.
Seit dem frühen Morgen

schwimmt sie rastlos
wie ein Wasserfloh umher.

Am Nachmittag ist nämlich
das große Springturnier.

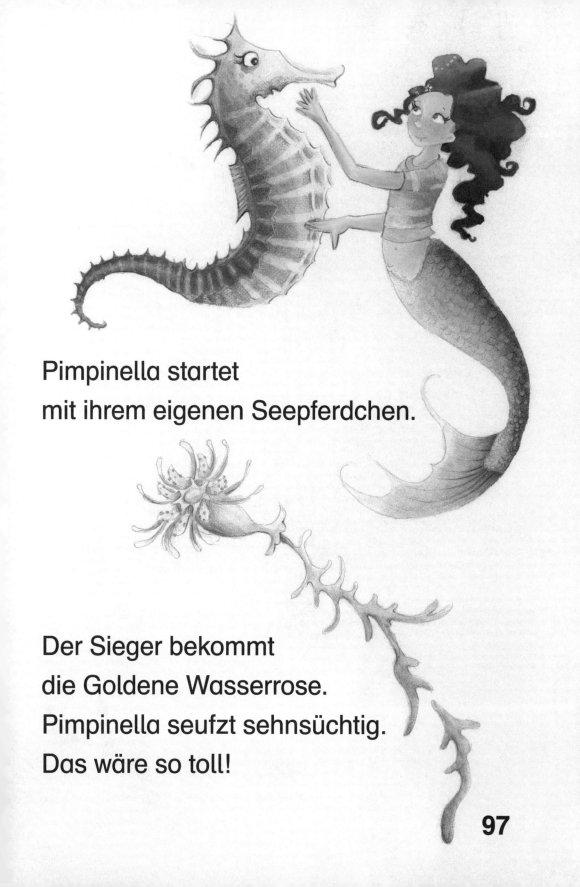

Pimpinella startet
mit ihrem eigenen Seepferdchen.

Der Sieger bekommt
die Goldene Wasserrose.
Pimpinella seufzt sehnsüchtig.
Das wäre so toll!

„Autsch!"

Sie ist gegen einen Muschelturm
geschwommen.

Pimpinella reibt sich die Stirn.
Einen Moment lang sieht sie
nur Hunderte kleiner Seesterne.

„Pass doch auf, Nella",
schimpft Herr Ritter.
Er fegt mit seiner Flosse ärgerlich
ein paar kaputte Muscheln weg.

„Paddle schon mal los
und wecke Herkules",
mischt sich Frau Seehase ein.

„Mach ich!", ruft Pimpinella eifrig.
Bei den Seepferdchen
ist sie sowieso am allerliebsten.

# Frühstück mit Herkules

Herkules wiehert freudig,
als er Pimpinella sieht.
„Guten Morgen, mein Süßer!"
Sie schlingt ihre Arme zärtlich
um seinen Hals.

Dann nimmt Pimpinella
ein paar knackige Wasserrosen
aus einem Netz.

Sie hält die Blüten unter sein Maul.
Das Seepferdchen kaut begeistert.

„Hmm. Ja, das schmeckt lecker",
sagt Pimpinella und steckt sich selbst
ein Rosenblatt in den Mund.

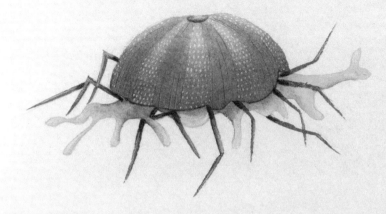

Zur Feier des Tages
bekommt Herkules auch noch
ein paar geröstete Wasserspinnen.

Davon probiert Pimpinella
aber lieber nichts.

Aus ihrer Flossentasche
holt sie einen feinen Schwamm.
Damit bürstet sie Herkules' Rücken
und auch seinen Kopf.

Herkules schüttelt sich behaglich.
Pimpinella kichert.

Pimpinella hat ein Band
aus Anemonen geflochten,
das sie jetzt Herkules umbindet.

„Prima!", sagt sie zufrieden.
„Damit gewinnen wir bestimmt
die Goldene Wasserrose."

# Drunter und drüber

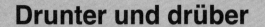

„Juchuh, Nella!"
Auf dem Schlosshof schwimmen ihr
Tule und Thomas entgegen.

Der Delfin und der Tintenfisch
sind gute Freunde von Pimpinella.
Mittlerweile ist richtig was los.

„Gerade hat die Probe angefangen.
Kommst du mit?", bettelt Thomas.

Sie nehmen das Meermädchen
in ihre Mitte
und ziehen es zur Bühne.

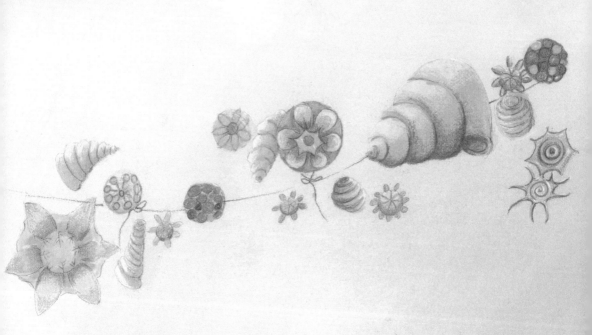

Die Bühne ist mit Girlanden
prächtig geschmückt.

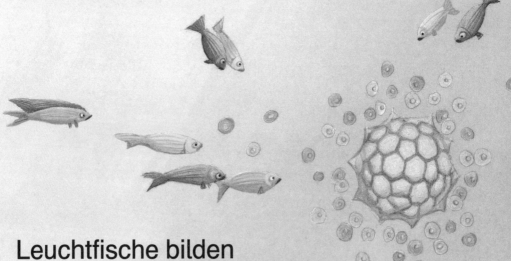

Leuchtfische bilden
eine bunte Lichtorgel.
Das sieht wunderschön aus!

Für Musik sorgt eine echte Band.
Trompetenfische, Flötenfische –
sogar ein berühmter Leierfisch.
Alle haben wochenlang geübt.

Der Schleimfisch,
den niemand leiden kann,
spielt auf dem Schlagzeug.
Das macht er aber richtig gut!

Thomas wippt im Takt
mit seinen acht Armen.
Tule fiept gefühlvoll die Melodie mit.

Und zwei Clownfische schlagen
übermütig Saltos vor der Bühne.

„Toll!", seufzt Pimpinella glücklich.
Sie macht die Augen zu und träumt
von der Goldenen Wasserrose.

Plötzlich geht ein Murren
durch das Publikum.

Ein kräftiges Meermädchen
drängt sich mit den Ellbogen
energisch nach vorne.

„Da ist Nike",
wispert der Delfin.
Thomas nickt.
„Mit der ist nicht gut Schnecken essen,
wenn ihr mich fragt."

## Das Springturnier

Die Seepferdchen warten
schon ungeduldig am Start.
Herkules wirft nervös
den Kopf hin und her.

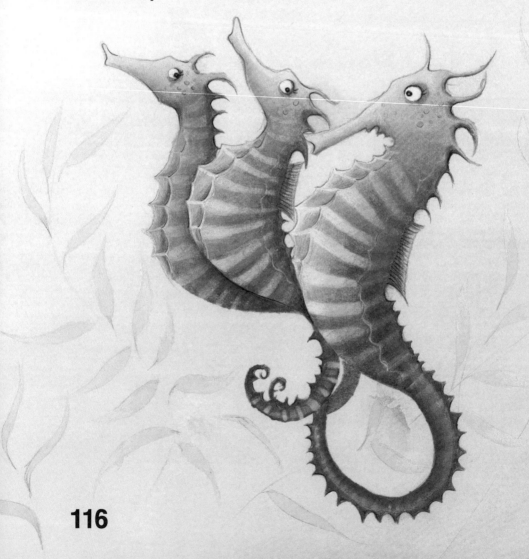

Pimpinella streichelt seinen Hals.
„Ruhig", flüstert sie.

Sie schaut neugierig zur Tribüne.
In der ersten Reihe entdeckt sie
ihre Freundinnen Effi und Mari.
Sie haben ganz rote Wangen.

Der Trompetenfisch
trompetet wichtig.
Das Turnier beginnt.

Nike ist die beste Reiterin
im Muschelschloss.
Auf Hippo hat sie
die Goldene Wasserrose
schon zweimal gewonnen.

Sie wirft Pimpinella
einen hochnäsigen Blick zu,
als sie als Schnellste
und ohne Fehler ins Ziel reitet.

Pimpinella ist als Allerletzte dran.
In ihrem Bauch kribbelt es,
als ob ein Schwarm Wasserflöhe
darin Fangen spielen würde.

Der Ritterfisch dreht die Sanduhr.
Los geht's!

„Nella! Nella! Nella!", ruft Tule laut.
Thomas hält sich vor Aufregung
die Augen mit allen acht Armen zu.

Herkules segelt
wie ein fliegender Fisch
über die Riesenmuschel.

Auch der Igelfisch-Turm
macht ihm keine Angst.

Über den tiefen Muschelgraben
springt das Seepferdchen
mit einem fröhlichen Wiehern.
Jetzt nur noch der Korallenhügel.

„Ah!", stöhnt Thomas.
Er macht gerade seine Augen auf,
als Herkules mit dem Schwanz
an einer Koralle hängen bleibt.

Wie eine Zirkusprinzessin
wirbelt Pimpinella herum
und bricht den Zweig ab.

**124**

Herkules fegt über die Ziellinie.
„Bravo!" Die Zuschauer springen
begeistert von ihren Plätzen auf.

Mit einem Sandkorn Vorsprung
ist Pimpinella die Siegerin.
Sie reißt vor Freude die Arme hoch.

Strahlend nimmt sie
die Goldene Wasserrose entgegen.
Herkules bekommt einen
noch saftigen Anemonenkranz,
den er sofort anknabbert.

Alle feiern und tanzen ausgelassen.
Das Sommerfest ist erst zu Ende,
als das letzte Meermädchen
in seinem Muschelbett
eingeschlafen ist.

Am schönsten von allen
träumt Meerprinzessin Pimpinella.
Sie hält die Goldene Wasserrose
fest in der Hand.

# Leserätsel
## mit dem Leseraben

Hast du die Geschichte ganz genau gelesen?
Der Leserabe hat sich ein paar spannende
Rätsel für echte Lese-Detektive ausgedacht.

# Rätsel 1

In dieser Buchstabenkiste haben sich vier Wörter
aus den Geschichten versteckt. Findest du sie?

| U | O | M | U | S | I | K |
|---|---|---|---|---|---|---|
| I | L | L | M | R | F | X |
| T | U | R | N | I | E | R |
| C | T | U | V | U | S | A |
| H | Ü | M | W | C | T | F |
| S | E | E | H | A | S | E |

# Rätsel 2

Der Leserabe hat einige Wörter aus den
Geschichten auseinandergeschnitten.
Immer zwei Silben ergeben ein Wort.
Schreibe die Wörter auf ein Blatt!

Ziel-

-spinne    Wasser-

-pferdchen    -sprung

Vor-

-linie    See-

# Rätsel 3

In diesem Satz von Seite 97 sind fünf falsche
Buchstaben versteckt. Lies ganz genau und trage
die falschen Buchstaben der Reihe nach in die
Kästchen ein.

Pimpinellab startüet
mit ihrehm eigennen Seepferdchene.

| 1 | 2 | 3 | 4 | 5 |
|---|---|---|---|---|
|   |   |   |   |   |

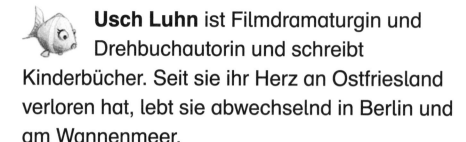 **Usch Luhn** ist Filmdramaturgin und Drehbuchautorin und schreibt Kinderbücher. Seit sie ihr Herz an Ostfriesland verloren hat, lebt sie abwechselnd in Berlin und am Wannenmeer.

**Betina Gotzen-Beek** zählt derzeit zu den beliebtesten Kinderbuchillustratorinnen. Mit ihren pfiffigen Zeichnungen hat sie zahlreichen Erstlesertiteln und Bilderbüchern einen unverwechselbaren Charme verliehen. Seit 1996 ist sie als freiberufliche Illustratorin tätig.

**Katja Reider** arbeitete nach ihrem Studium als Pressesprecherin eines großen Jugendwettbewerbs. Seit der Geburt ihrer beiden Kinder purzeln ihr ständig Geschichten aus dem Ärmel, die sie nur einzusammeln braucht ...
Katja Reider lebt mit ihrer Familie in Hamburg.
www.katjareider.de

# Leserätsel

## mit dem Leseraben

Super, du hast das ganze Buch geschafft!
Hast du die Geschichten ganz genau gelesen?
Der Leserabe hat sich ein paar spannende
Rätsel für echte Lese-Detektive ausgedacht.
Wenn du Rätsel 4 auf Seite 136 löst,
kannst du ein Buchpaket gewinnen!

# Rätsel 1

In dieser Buchstabenkiste haben sich vier Wörter
aus den Geschichten versteckt. Findest du sie?

| F | K | I | X | C | W | M |
|---|---|---|---|---|---|---|
| I | F | L | O | S | S | E |
| S | X | P | L | I | U | O |
| C | T | K | U | S | S | I |
| H | D | S | U | K | V | M |
| E | A | W | E | T | T | E |

# Rätsel 2

Der Leserabe hat einige Wörter aus den
Geschichten auseinandergeschnitten.
Immer zwei Teile ergeben ein Wort.
Schreibe die Wörter auf ein Blatt!

See-    schwim-

Del-

-fin    -pen

-stern

Schup-    -men

# Rätsel 3

In diesen Sätzen von Seite 43 sind sieben falsche
Buchstaben versteckt. Lies ganz genau und trage
die falschen Buchstaben der Reihe nach in die
Kästchen ein.

Es wärem doch wirklich schaude,
wenns sich diec Nixen
weghen einer Perlee zerstritten hätteln.

| 1 | 2 | 3 | 4 | 5 | 6 | 7 |
|---|---|---|---|---|---|---|
|   |   |   |   |   |   |   |

# Rätsel 4

Beantworte die Fragen zu den Geschichten.
Wenn du dir nicht sicher bist, lies auf den Seiten
noch mal nach!

**1.** Weshalb ist Mirja so traurig? (Seite 24)

   M: Sie darf nicht beim Nixenballett dabei sein.

   G: Sie hat sich im Algenwald verirrt.

**2.** Wie viele Arme hat der Tintenfisch Thomas?
   (Seite 55)

   U: Er hat fünf Arme.

   E: Er hat acht Arme.

**3.** Wer dreht die Sanduhr beim Seepferdchen-
   Turnier um? (Seite 120)

   B: Das Seepferdchen Herkules.

   R: Der Ritterfisch.

**Lösungswort:**

| 1 | 2 | E | 3 |
|---|---|---|---|

# Rabenpost

Jetzt wird es Zeit für die Rabenpost! Besuch mich doch auf meiner Homepage **www.leserabe.de** und gib dort unter der Rubrik „Leserätsel" das richtige Lösungswort ein. Es warten außerdem noch tolle Spiele und spannende Leseproben auf dich! Oder schreib eine E-Mail an **leserabe@ravensburger.de**. Jeden Monat werden 10 Buchpakete unter den Einsendern verlost! Natürlich kannst du mir auch eine Karte schicken.

An den LESERABEN
RABENPOST
Postfach 2007
88190 Ravensburg
Deutschland

Ich freue mich immer über Post!

Dein Leserabe

# Ravensburger Bücher

## 1. Lesestufe für Leseanfänger ab der 1. Klasse

**Leserabe** – 1. Lesestufe
Feengeschichten
Vanessa Walder · Betina Gotzen-Beek

**Leserabe** – 1. Lesestufe
Ein Schultag voller Abenteuer
Spannende Schulgeschichten
Martin Klein · Susanne Schulte

**Leserabe** – 1. Lesestufe
Pimpinella Meerprinzessin und der Delfin
Usch Luhn · Betina Gotzen-Beek

ISBN 978-3-473-**36204**-2     ISBN 978-3-473-**36389**-6     ISBN 978-3-473-**36322**-3

## 2. Lesestufe für Leseanfänger ab der 2. Klasse

**Leserabe** – 2. Lesestufe
Pferdegeschichten
Julia Boehme · Dorothea Ackroyd

**Leserabe** – 2. Lesestufe
Fußballgeschichten
Leapé

**Leserabe** – 2. Lesestufe
Mein Freund, der Delfin
Die geheimnisvolle Insel
TINO · Eva Czerwenka

ISBN 978-3-473-**36286**-8     ISBN 978-3-473-**36372**-8     ISBN 978-3-473-**36288**-2

## 3. Lesestufe für Leseanfänger ab der 3. Klasse

**Leserabe** – 3. Lesestufe
Die Schatzinsel
Erzählt von Ingrid Uebe

**Leserabe** – 3. Lesestufe
Unser grünes Geheimnis
Eine Drachengeschichte
Susan Niessen

**Leserabe**
Die Sieben Schwaben
Manfred Mai

ISBN 978-3-473-**36329**-2     ISBN 978-3-473-**36290**-5     ISBN 978-3-473-**36289**-9

www.leserabe.de

Ravensburger

# Ravensburger Bücher

**Leserabe**

## Extradicker Lesespaß

### 1. Lesestufe für Leseanfänger ab der 1. Klasse

ISBN 978-3-473-**36291**-2

ISBN 978-3-473-**36292**-9

### 3. Lesestufe für Leseanfänger ab der 3. Klasse

ISBN 978-3-473-**36293**-6

ISBN 978-3-473-**36294**-3

**Ich habe mein nächstes Buch schon gefunden. Und du?**

www.leserabe.de

Ravensburger

ERZ_12_001